Therese Chromik

# Ich will glauben es sei Sommer

Edition Die Tausend
Herausgegeben von Helmut Braun

Therese Chromik

# Ich will glauben es sei Sommer

Gedichte

VERLAG
RALF LIEBE

Verlag Ralf Liebe, Weilerswist

Titelbild: Pierre-Auguste Renoir, Im Sommer

Herstellung:
Rheinische Druck- und Verlagsgesellschaft, Weilerswist

Verlag Ralf Liebe
Kölner Str. 58
53919 Weilerswist
Tel.: 0 22 54/33 47
Fax: 0 22 54/16 02
E-Mail: info@verlag-ralf-liebe.de
Internet: www.verlag-ralf-liebe.de

ISBN 978-3-941037-50-2
20.- Euro

# Es schufen

Es schufen Himmel und Erde
es schufen Sterne, Mond und Sonne
es schufen Wind und Nebel
Fische und Vögel
Wasser und Luft
Schilfrohr und Queller
Muschel und Stein
alles auf seine Weise
immer wieder
und alle sahen
es war gut.

## Heimfahrt

Im Duft von Weißdornblüten
kehr ich zurück
die weißen Markierungen vor mir
im Scheinwerferlicht meines Autos
die flackernde Ampel an der Kreuzung
die Straße gehört mir
die Nacht
        und die Zeit.

# Natur

Mit bloßen Füßen, geh ihr nach,
spür sie lebend, Wasserzeichen,
Schlickwattkrebse, Pierwurmhaufen,
grab mich mit den Zehen ein wie sie
im Schlick, find Schneckenhäuser noch
bewohnt, Herzmuschelschalen halb versunken
heb ich auf, setz meinen Fuß auf Rippelbögen
Schritt für Schritt und möchte weitergehn
und sehn, wo endet es, wo
fängt es an.

# Felsenfest

Im Stein das Wellenspiel
vergangener Zeiten.
Das ewige Eis nur
eine flüchtige Erscheinung.
Kein Gipfel ragt ewig empor.
Der Zufall prägt das Bild der Gebirge.
Heilige Berge bröckeln, ewig
ist nur ihr Mantel
zwischen Werden und Weichen
Sehnsuchtsziel des Menschen.
Immer wieder wacht er auf
am Fuße der Berge.

# Als ob

Der Mohn auf dem Feld
als ob
das Gras am Weg
die Quitte im Garten
die Tauben auf dem First
als ob
ich lebe und frage
als ob
und sehe das Leuchten und Wiegen
das Reifen und Gurren
und schreibe.

# Eisscholle

Eine Eisscholle
zwischen anderen
in der Mitte des Stromes,
aber auf ihrem Bugrand
eine Möwe,
stolz und zufrieden
mit ihrem Kurs

## Wenn Palucca tanzt

Den Schnee schmecken,
aus dem sich die Knospe befreit,
die Sonne spüren,
der sich die Pflanze entgegenstreckt,
die Luft einsaugen,
in die sich die Zweige recken
bis in die Spitzen hinein
sich mitnehmen lassen vom Wind,
in den sich die Birke legt und
sich wiegt und biegt
bis in den Fuß

wenn eine Blume sich löst
und geht auf der Wiese.

# Über den Winter

Zutraulich streckt
die Buche dem frostigen
Winter ihre Knospen
entgegen.

Der Winter ergriffen
hängt mit gefrorenen Tränen
an den Knospen der zu allem
entschlossenen Buche.

# Stachelblüte

Dem roten Pfauenauge folgen
im Schmetterlingsstil die Stranddistel
suchen, im Flugsand verschüttet,
den Kopf doch oben behalten,
darüber hinausgewachsen,
dem Sandstrahlgebläse standgehalten,
die Stranddistel
Stachel und Blüte zugleich.

# Vertrau dem Regen

Gieße den Dornbusch
nicht und nicht
die Distel, das Unkraut
nicht und nicht die Rosen.

Vertrau dem Regen,
dem Boden,
der ihn speichert,
den Wurzeln, die
tiefer reichen
als du glaubst.

# Wind

Worte in den Wind
leer die Häuser
nur die Äolsharfe spielt
Irrlichter auf der Schwelle.

# Späte Heimfahrt

*in memoriam Erika Manke*

Holunderblütenduft regenfrisch
durch das heruntergelassene Fenster,
weiße Markierungen ziehen vor mir her
im Scheinwerferlicht meines Autos.

Das Blinken der Ampel im Sekundentakt,
die breite Kreuzung leer,
Ich münde ein in meine Straße.
Es hat keine Eile,
an diesem Ort lebt sie nicht mehr.
Der Blütenduft des Holunders,
unter dem man früher Tote begrub.

## Strohblumen

Vergehen wir auch wir bündeln sie
kopflastig die Strohblumen verschenken
sie die wir erhalten wollen
farbig die Wangen
Zeit.

# Kornmuhme

Kornblumen verwunschen
zwischen langen Grannen
der Gerste die sich beugen
vor dem Wind geschützt
der Kornmuhme lief ich
davon.

Ackerrandstreifen
zwei Meter breit
immerhin zugestanden
der Kornblume und
der Muhme, die
verschwand

# Rollenspiel

Wo Land sich abweisend
gegen Meer aufbaut
wie eine Mauer
greifen Wellen an unentwegt
Fels und Gestein
aufreibend.

Aussichtreicher das Spiel
wo Land sich öffnet
Wellen zueilt und
immer wieder das Meer sanft
auflaufen lässt.

# Zugfahrt

Rapsfelder Wälder und Seen
unter die Räder gerät die Natur
nicht aussichtslos mein Platz
seh ich rückwärts fahrend doch
was kommt erst wenn es
war und wie
seh ich ihm nach.

# Mohnmahnung

Die Mohnkapseln in meinem Garten
wollen nicht leicht werden.
Schwermütig vom Regen
lassen sie ihre Köpfe hängen.
In diesem Zustand geben sie
keinerlei Samen ab,
sage ich mir.

## Frühlingsglaube

Meine Hänge neigen dem Frühling zu.
In mir will sich der Krokus neu erfinden.
Aus Wärme wurde Kälte.
Das Schneien will nicht enden.
Vögel sehen ihren Irrtum ein
und brechen ihr Lied ab.
Ich sperre mich nicht
gegen den Wechsel.

# Nach der Eiszeit

Schweigende Kälte.
Als es taute
blieben zurück
Toteislöcher und Moränen
und Steine des Anstoßes.
Aber auch die Fruchtbarkeit
der Schwemmlandebenen.

# Schilfrohr

Ich befragte das Schilfrohr
das Schilfrohr weiß es vom Wasser
das Wasser kennt sich aus
es pendelt zwischen Himmel und Erde
der Himmel schwört
auf seinen männlichen Schöpfer
die Erde – ich hör sie –
besingt ihre weibliche Gottheit
das Wasser hält sich neutral
das Schilfrohr schwankt bis heute
ich bin mit ihm verwandt.

## Ebbe am Abend

Das Meer,
das sich zurückgezogen hat
über der schwarzen Folie
von Schlick
finster und böse,
aber am Morgen ist es da
lichtdurchtränkt, gereinigt
geduldig silbriger Spiegel
sanft gleitender Wolken.

## Not in time

Starten und Landen im Minutentakt
Singapur, Riga, Mallorca, London,
es klappt, departure in time,
nur wir sitzen vor gate B24 und
warten auf den verspäteten Abflug,
wir Deutsche, nach Amsterdam.
Zuerst muss dort eine Bombe
aus dem zweiten Weltkrieg in der Tiefe
entschärft werden, heute
nach so langer Zeit
unter der Landefläche eine Bombe,
immerhin, die kann man
entschärfen.

## Im Schlossgarten
## mit dem Kind Franziska zu Reventlow

Auf halbverwachsenen Wegen
den Garten durchstreifen und sich
fast verlieren, unter tief hängenden
Zweigen der Weide hindurch
Ameisenwelten entdecken und
Vogelnester in flüsternden Ästen,
endlich die Spinnengeister vertreiben,
die auf dem grünen Wasser
im Schlossgraben dahingleiten
wie auf Schlittschuhen und weiter
weg unter krummen Holunderbäumen
von verwilderten Schluchten wissen,
in denen haust der Geist,
den wollen wir nicht wecken.

## Nordstrand

Überall ist Himmel, überall ist Meer.

Die Häuser auf den Warften sind umstellt
von Bäumen zum Schutz, der Wind weht immer
aus allen Richtungen, gewürzt die Luft
du schmeckst es auf der Zunge.

Häuser blinzeln unter Strohdachpelzen
hinüber zu den Halligen, man weiß,
das Meer entscheidet
über Wohl und Wehe.

Menschen stehen auf dem Deich
und sehn mit Sehnsucht auf das Meer,
ob drüben nicht schon das Heilige Land
oder die Küste von Amerika wär.

# Mit Einstein in Ahrenshoop

Am Strand liegend höre ich
nur das Rauschen und Brechen der Wellen,
mich umschmeichelt die Sonne,
ich will glauben,
es sei Sommer.

„Wie ein Krokodil am Gestade liegend“,
pfeife auch ich auf die so genannte Welt,
die immer im Krieg ist irgendwo.
Hier konnte die Idee des Friedens wurzeln
und die Idee der vierten Dimension

Hier möchte ich glauben
an die fünfte, die
mein Erleben speichert.

# Franziska zu Reventlow im Schloss vor Husum

Schwerfällig das Schloss
unter hohen Bäumen,
seine Flügel selbst
drücken es zu Boden.

Aber der Blick vom Turm
fliegt über Meer und Heide,
Deiche und Wiesen
und die Dächer der Stadt.

Dunkel der Rittersaal
mit schwarzen Ölbildern –
böser Witwen ernster Blick.
Es spukt aus alten Zeiten.

Unheimlich heulen die Herbststürme
heute aus dem Kamin – verängstigte
Seelen – durch die Ritzen der Mauern
im alten Schloss.

Endlich Frühling und Sommer.
Die Sonne leuchtet das Böse
aus allen Winkeln,
aus jeder Kammer hinaus.

Der Garten erblüht,
Sommer steigt über die Mauer,
das Meer kommt näher
blau schimmert die Ferne.

# Seelenland Liliencron

Windatmend wogende Felder
unter fliehenden Wolkenschatten
Vogelschwärme, die vorüberflattern,
nichts, das man festhalten kann,
wie das Glück,
ein flimmernder Sonnenstrahl.

# Campanula

Auf kargem Feld
aus Spalten und Rissen
unerwartet
über dem Abgrund blüht
die Phantasie das Blaue
vom Himmel hinunter
ins Meer.

# Småland

In den Wald geraten,
der sich vergessen hat,
dunkel, menschenscheu,
im hohlen Weg
zwischen pulsierenden Zweigen,
bis in die Herzkammern
dringen die Nadeln, rücklings
greifen die Tannen nach mir,
als ob der Wald mich ausspeien will,
auf den Waldrand zu laufe ich
unentwegt.

# Am Ukleisee

Die Nixe am Wasser,
Nebelschleier vorm Gesicht,
Klagelied über Tal und Hügel,
die Sterne erblassen,
der Mond versinkt,
drei Tage und drei Nächte,
die Nebelfrauen weben
den Schleier für die Braut.

# Lubowitz

Hörst du den Schlossherrn
gehn den Wind, die Mauern
halten wortbrüchiges Gestein
die Fenster sehen
mehr denn in den Himmel
laufen ihre Bögen aus
in das Gewölbe greifen Äste
das Licht fällt ein
tief
steckt der Sänger
im Wald.

# Gefühltes Erinnern in Breslau

Hier sind sie gegangen,
denke ich,
wenn ich über
den Rathausplatz gehe,
an dieser Ecke sprang sie
aus der Straßenbahn, schwanger
mit mir,
hier trafen sie sich, hier wohnten sie
und ich suche die Häuserfront ab, hier
arbeiteten sie. Ich mache ein Foto für
meine Mutter,
die sich erinnern kann,
hier lagen sie sich in den Armen
und ich entstand, hier
fühle ich mich umarmt,
heimatlich.

# Wrocław bei Nacht

Unwirklich schön die Stadt in der Nacht,
unwirklich, dass ich hier bin.
Plaudernd mit Freunden stolper ich
über Holperpflaster und Pfützen.
Da zeigt Magdalene mir
die barocke Fassade der Leopoldina
gespiegelt in abgrundtiefer Ewigkeit
golden leuchtend wie
die erzählten Erinnerungen
meiner Mutter

## Im Berliner Borsigturm

In der Flugschneise wie vom Kontrollturm des Erinnerns
an meinen Vater gelenkt sind alle hilfreich und laden
mich ein und sagen mir den Weg und bitten mich
hinein und zeigen mir die Aussicht aus der
Vogelperspektive. Selbst die Räume
bieten sich an. Komm, kauf einen
Raum für eine Galerie, ein
Museum, fang ein neues
Leben an. Sogar die
Zugvögel haben in
diesem Herbst die
Richtung geändert,
wissen
mehr.

# Im Gaza-Streifen

## Radio-Durchsage

Soldat, wenn es dir schwer fällt
zu töten, weil du den Menschen
siehst, die Unschuldigen, Mutter
mit Kindern und Alte, die sich fürchten,
hast du die Priester, die dich stützen
und dein Gewissen erleichtern:
„Siehe, es sind deine Feinde,
du musst sie töten,
Gott will es so.
So spricht Elias.“

# Tanz mit Achill

Traum der Franziska zu Reventlow

Ich tanzte mit Achill im Rittersaal,
mit Achill, dem Schönsten der Helden.
Die Füße kaum am Boden
schwebend auf Luftpolsterwolken.

Ich tanzte mit Achill durch die Säle
in den Schlossgarten hinaus, da
gestanden wir uns
unsre Verletzbarkeit.

Ich tanzte mit Achill durch die Nacht,
er vergaß sein Troja und ich meinen Kampf.
Ich war so klein,
wie konnte ich ihn  küssen?

# Äolsmusik

Später will ich Wind sein,
auf Fichtennadeln spielen
vielstimmig, begleitet vom Bass
der hohlen Stämme.

Das Schilfrohr will ich flöten
und mit den Wellen
lauf ich ans Ufer,
die Kiesel lass ich klingen.

Ich streiche die Saiten des Grases
und lege mein Ohr aufs Feld
und höre, was nachklingt im Boden,
Erdsinfonie.

Mit flacher Hand fühl ich
die gespannte Haut des Sees.
Ich lege mich
Wange an Wange.

## Dädalus und Ikarus

Dädalus auf der sicheren Seite
der Vernunft
zu Lebzeiten zu Ruhm gelangt
ist vergessen -
Opfer seines Erfolges.

Ikarus auf gewagter Bahn
der Schmetterlingssehnsucht
Opfer des Entgrenzungstraumes
ist unvergessen
zu Ruhm gelangt nach dem Leben.

# Penelope

Ich spinne immer
den gleichen Faden,
der rote Faden,
er reißt nicht ab.
Ich trenne auf,
was ich webte
am Tag. Nachts
vor allem weiß ich,
dass ich sterblich bin.

## Garten der Erde

Antaios,
Sohn der Gaia und des Poseidon,
verlor all seine Kraft,
als er die Berührung
mit der Erde verlor,
die ihn gebar und nährte.

Im Garten der Gaia
stand ein Birnbaum,
dem wünschte ich täglich
vom Balkon aus
einen „guten Morgen".

Er winkte mit seinen Blättern.
Als ich heimkam, war er fort.
weiß der Teufel,
warum er gefällt wurde,
der Zaunkönig sitzt auf dem Stumpf,
wir schimpfen beide.

# Klatschmohn
## die Blume der Aphrodite

Ihre Schutzblätter abwerfend
wenn sie sich blühend
öffnet, im Winde
schwankt sie und
lockt und lockt.

# In mondloser Nacht

## Hekates Lied

Nachts bin ich leicht,
nachts kann ich barfuß gehn,
in mondloser Nacht
komme ich zu dir.
Ich schenk dir den Mond,
ich hab ihn versteckt
im Flügelgewand.
Nachts bin ich leicht.

## Ikarus

Als die Sonne ihn lockte
sich verliebte in den
Erdensohn,
wie viele Sonnenflocken
stürzten ab mit ihm
in ein Meer von Hoffnung

# Pandoras List

Schmerz und Krankheit
Tod und Trauer
die Götter warfen alles
in einen Topf
im Untergrund die Hoffnung
Pandora aber schüttelte den Topf
und drückt mit jedem ihrer Schritte
das Unglück schwer zu Boden.
Die Hoffnung stieg
so dass sie nun zum Glück
an jedem Unglück schimmert.

## Kleines Selbstporträt

Eine gestandene Frau,
sagt man, sei ich,
ich höre zu, ich teile mit
und wechsel gern ein Wort
und bleib doch fern.
Auf meinem Wortschiff
fahr ich hin allein,
dort bin ich
Wort für Wort
zu Haus.

## LiebesGedicht

Sanft streich ich dem Neugebornen,
dem Gedicht, über die Haut,
sorglich, ob das Wort ist,
wo es sein soll,
ob es warm ist und pulst,
das frisch Atmende
unter zart runzliger Haut.
Im Zweifelsfalle
geht meine Zunge darüber,
im Zweifelsfalle
küss ich es glatt.

# Den Worten nach

Manchmal lebe ich
den Worten nach
sie sind schneller
sie sind eher da
sie sind schon da
wo ich erst hinkomme
sie haben gewusst
wo ich ankomme
sie haben mich eingeholt
sie holen mich ab.

## Rapunzel im Turm

Aus dem Turm
ohne Treppen
und Türen
lasse ich dir
meine traumwahren Wortgeflechte
hinunter,
dass sie verfangen
bei dir
und
deine Schritte
beflügeln.

# Komm rüber

Komm rüber
riskier eine Lippe
auf meinem Mund
und schweig –
deine spitze Zunge
ich hör sie am liebsten
in meinem Ohr
ganz Ohr bin ich
für dich.

## Herzklappentext

Das Klopfen von Innen
an die Tür
das Türblatt eine Membran
dünn wie meine Haut
dahinter Wort für Wort
was will das Wort
ich bin doch da.

## Erklärung

Ich bin nicht für die vielen Worte
der Dichter über die Liebe,
ich bin für die Liebe.

Wenn ein Vogel an der Tränke
sitzt in meinem Garten
und du weißt seinen Namen,

wenn die Spinne ihr Netz
gespannt hat an meiner Tür
und du findest das schön,

wenn wir dieselben Zeilen
streichen würden
in einem Gedicht,
bin ich für dich.

## Die Tulpe

Die Tulpe
was weiß sie
vom Gärtner
der die Zwiebel
nahm
und in den Boden tat
und was
mein Gedicht
von mir.

# An einen Dichter

Dürre Wortäste
geschraubte Satzverzweigungen
wollen wir schreddern
und sie dem Igel gönnen, der
überwintert unter dem kleinen Geäst;
der Erde wollen wir vertrauen,
die alles verwandelt zu Boden,
dem Nährboden Fantasie.

# Oberflächlich

Das Wortfeld ausgebreitet
unter freiem Himmel und Acker
brach, die Krusten
aufgebrochen unter dem Pflug
geraten die Steine
nach oben

# Ermunterung

Wir wollen die Worte nicht
an die Leine nehmen,
wir richten sie nicht ab,
wir lassen sie laufen.
Sie dürfen sich überschlagen,
sie dürfen Kopf stehen,
sie dürfen sich verirren,

wenn wir uns wieder finden.

## Ermittlungen

Wort, überprüfe dein Alibi,
ich muss gegen dich ermitteln,
wo warst du in der Dämmerung,
Wort, was hast du getan?
Das Schweigen belastet dich,
graues Wort inmitten heller Worte,
Wort, gern wär ich dein Freund,
aber ich muss den Prozess führen
gegen dich, liebes Wort,
überprüfe dein Alibi.

## Normierung

Im Denken und Studieren
von der Tomate bis zum Bachelor
in Modulen produziert,
abgerechnet nach Credits,
effizient, profilgeschärft,
innovativ und äußerst flexibel
auch das Management der Sprache.

# In den Wind gesprochen

Ich beschuldige den Wind.
Er drängelt, treibt mich an,
ungefragt mischt er sich ein,
sein Rauschen im Strauch
ist rechthaberisch, das Papier
fetzt er mir weg, irritiert mich
mit tanzenden Blättern,
er fegt die Spuren fort, verfälscht,
Worte trägt er nicht zum Ziel,
Gegenanschreien vergebens,
Rufmord treibt der Wind.

# Werkstattgespräch

Die bunten Wälder sind verbraucht,
auch dass der Wald schweigt,
will niemand mehr hören.
Kein freies Feld öffnet sich mehr,
Schluchten und Wege verbaut,
abgegriffen der Nebel
und die Einsamkeit.

Der Mond darf nicht mehr aufgehen
in deinem Gedicht.
Kauf eine Halogenlampe
für deinen Vers.

## Warum

Warum pfeift die Kohlmeise lauter?
Warum singt das Rotkehlchen nachts?
In der Stadt singt nicht die Nachtigall,
sie schreit, die ich so gerne hörte.
keine Rose springt auf
von ihrem Klang und Widerhall.
Die Töne der wenigen Dichter,
die zu Gehör gebracht werden,
sind schrill geworden
im Mediendschungel,
Dichter und Leser verstört.

# Der apokalyptische Sprach-Reiter

Ökonomisch, knapp, zudringlich laut,
der Sprachzugriff in dieser Zeit.
Einige wenige Zeichen scheinen zu genügen,
um das Wichtigste mitzuteilen.
Wortfelder liegen brach, Wurzeln verdorren,
Wortfamilien sterben aus, niemand fragt
nach ihnen oder gar nach ihrer Bedeutung.
Zuerst verlernen die Menschen das Hören,
dann das Lesen und Schreiben,
das Denken, Sprechen und Erinnern
und zuletzt verlieren sie sich selbst.
Sie sehen nicht mehr, wie die Sonne
schwarz wird in Trauer und die Sterne
auf die Erde fallen wie
die unreifen Feigen vom Baum.

# Poetischer Rückkoppelungseffekt

Natürlich, dein Dichten hat keinen Sinn.
Es gibt schon zu viele Gedichte.
Und zu viele schlechte, mittelmäßige..
Berlin allein hat 5000 Dichter,
selbsternannt, sie schreiben
und schreiben täglich 20 Verse,
im Jahr sind es 7.900 Zeilen pro Mann,
summa summarum 39.500.000 Verse.
Das wären 2.825.000 Sonette zu viel,
in einer Zeit,
wo Gedichte keine Konjunktur haben.
Es sind keine Leser da,
es ist kein Markt da,
also brauchen wir keine Dichtung
nach dem Gesetz von Angebot und Nachfrage.

## Bei Hilde Domin
## im Grainbergweg

Das Herz, deine alte Wohnung,
hat hell erleuchtete Fenster.
In die Küche gebeten
sehe ich nichts herumstehen,
nur ein Füllfederhalter liegt quer
auf dem Aschenbecher,
Tintenklecksspucke überall,
übersprudelnd dein Herz,
kochend über so viel
Undiszipliniertheit deiner Feder,
wo doch jedes Wort zählt
und das Nichtwort
ausgespannt wird
zwischen Wort und Wort.

## Besuch bei K.

Zwei Türen hat das Haus
es öffnet sich die andre
und du trittst ein
gehst über eine Brücke und
suchst das Wort das andre und
findest andre Bilder an den Wänden
laut und fängst Signale auf
zwei Augenblicke lang
in Kobaltblau
du frierst
und gehst
hinaus
das Haus hat einen Ofen.

## Berta

Einmal in der Woche kommt sie.
Woher kommen Sie? frage ich.
Aus Moldawien sagt sie,
sie spricht deutsch.
Sie wurde „ausgesiedelt“,
ihr Mann lebt nicht mehr,
ihre Kinder sind in Israel,
sie pflegt ihren Vater,
bettlägerig ist er.

Einmal in der Woche kommt sie.
Manchmal bleibt sie stehen
beim Staubwischen und nimmt
ein Buch aus dem Regal,
liebevoll wischt sie den Staub
vom Buchrücken ab und
betrachtet es.
„So viele schöne Bücher“, sagt sie
seufzend, „hatte mein Mann.“

Als sie geht, gebe ich ihr
den staubfreien Gedichtband
von Rose Ausländer:
Mein Venedig versinkt nicht

# SMS

## an Christa Wolf

dichte wolken
über ungeteiltem himmel
trennungen verwischt
noch immer ist es eine kunst
mit beiden beinen auf der erde sein
und träumen
und schreiben
noch immer ein versuch
gegen die kälte.

## Ossip Mandelstamm

Das Wort auf der Suche
nach seinem Gegenstand,
wie die Seele irrend
um einen verlassenen Körper.
Das Gedicht auf der Suche
nach seinem Dichter,
der es klingen hört in sich
und es zur Welt bringt.

## Anna Achmatowa

Zum Schweigen verurteilt
siebzehn Jahre und sieben,
wer sprach ihr da zu?
Es war der Wind, denn sie hörte,
was er sprach und verschwieg,
es war die Nessel mit ihrem Knisterwort,
die wild wachsenden Kletten
in ihrem Beharren,
die silberblättrige Weide
mit ihren zweihäusigen Blüten
am Bach, sie hüteten das Wort.

Gern stünd ich im Säulensaal
im Dom Sojusow ganz hinten
und hörte der Dichterin zu.
Sie las und die Leute standen auf
und stehend hörten sie ihre Verse
im Dom und glaubten an das Gedicht,
und an das Wort.

## Biographie

Erträumt in Berlin,
erfunden in Breslau,
getragen auf die Schneekoppe,
geboren in Liegnitz,
mein erstes Foto in Jauer.

Die Wärme des Nestes gefühlt,
über dem Haus der große Wagen,
die Herbstastern im Garten,
das erste Lied gehört
und Mutters und Vaters Stimme.

„Breslau marschiert seit heute früh“ –
Getragen zum Bahnhof,
„Vielleicht fährt ein Zug“...
durchs Fenster geschoben,
die Mutter kämpft sich zu mir durch,
meine erste Reise, die Flucht.

Weiterfahrt im Güterwagen,
bis Guben und dann warten,
aufgehoben in Mutters Armen,
angekommen irgendwann,
mein erster Ausweis
Flüchtlingsausweis A.

# Kindheit

Die langen Fußwege
von Dorf zu Dorf
zähl ich die Bäume
Mitläufer die Birke
nicht müde wird sie
sich zu häuten
der Findling endlich
auf halber Strecke kein Grund
sich auszuruhen, Löwenzahn
ich weiß wenn ich den
pflücke kommt der Wolf der
frisst nicht aus der Hand
mit dem möcht' ich
nicht heulen
weißt du
was da noch liegt
im toten Winkel?

# Früh am Morgen

Um sechs sind die Götter schon wach,
das Sonnenfackelspiel scheint durch das Laub
und schaukelt im Wasser auf und ab.
Ein launiges Spiel im Rhythmus des Himmels.
Und während ich das Wasser zerteile
mit den Armen, die alles segnen wollen,
damit es bleibe, mir gut und gefügig,
höre ich von fern aus einem Auto
die Jupiter-Sinfonie erklingen,
ich, Mensch und Frau und Gast.

## Ordnung

Ordnung
die Illusion
dass alles
seine Richtigkeit hat
innen und außen
oben und unten
sortiert gestapelt
ausgerichtet alles
das Große und Kleine.
Ich der Richter
der Dinge
in meiner Einrichtung
innen und außen.

# Ich selbst

Verantwortlich
für die Konstruktion der Hilfslinien
beim Zeichnen eines Parallelogramms
des Erlebten
für das Erfinden eines Jokers
bei meinen Gedankenspielen
für das Spannen eines Netzes
bei meinen Trapezkunstversuchen
für das Bauen der Freitreppe
zu meinen Luftschlössern
über Genitive und Dative hinweg
ich selbst.

## Die Andere

Die im Schlaf
bei mir wacht
und mich begleitet
durch alle Träume
kehrt zurück
in mich
wenn ich erwache.

Wo aber geht sie hin,
wenn ich hier
nicht mehr bin?

## Entsagungstag

Heute besuche ich mich,
ich feier mit mir
Geburtstag.
Alles andere sage ich ab,
der Tag, an dem
mich keiner stört
und wir miteinander
endlich reden können,
ich und ich.

# Fähre

Auf dem Wasserbett böiger Träume
wiegt mich die freundliche Fähre
vorbei an der Insel der Erlen
hinüber ans Land.

Nichts habe ich bei mir,
Nebelschleier, Schattenspiel,
nichts weiter hab ich zu verzollen
täglich muss ich meinen Pass erneuern.

# Nahe der kleinen Stadt

Eine Möwe im Abendlicht
ist selten allein.
Ich setze die Jahre fort,
wo das Wasser singt,
bau ich ein Haus.

Ein Haus aus Fenstern,
an denen ich den Regen lesen kann
und den Wind taumeln höre,
dass ich aufhorche und höre
die Klopfzeichen in der Nacht.

Ein Haus im Garten
mit rotleuchtendem Mohn
und Lerchengesang.
Vor dem Haus die weiße Bank,
da sitzt und wartet die Amsel.

## Stadtflucht

Aus der Stadt der Stirn
hinaus auf das Land hier
hab ich die Sonne
für mich allein wohne
versteckt hinter Bäumen
in Nadeln und Laub hier
hör ich die Vögel
stimmen mir zu.

Ich seh mich um seh
Draht und Lattenzaun, versperrt
ein Tor, versteckt ein Haus,
den Riegel vorgeschoben.

# Hausbesichtigung

Kann sein,
das Haus hat Schrunden und Risse,
besonders auf der Wetterseite,
im Keller bröckelt der Putz,
die Haustür klappert bei Sturm,
die Treppe knarrt bei jedem Schritt,
kann scin.
Auf dem fröhlich geschwungenen Dach
meines Hauses im Herzen der Stadt
aber habe ich Bergahorn gepflanzt,
Schattenspender, Zeuge der Sonne,
Flachwurzler auf steinigem Grund.
Hier kann ich sein.

# Bis bald

Zu Hause angekommen
sagt mir der Computer „Willkommen“,
verkündet manchmal „Sie haben Post“
und jedes Mal sagt er verheißungsvoll
mit weiblicher Stimme:
„Bis bald!“

# Gestreutes

Gestreute Asche
verweht,
nun
streue ich Erbsen,
damit sie keimen
und aufgehen
auf meinem Weg
und markieren
wo
ich
bin.

## Was danach kommt

Ich warte nicht
aber ich tue das Nötigste
für das, was danach kommt,
ich räume alles aus dem Weg
für das, was danach kommt,
weil ich frei sein will
für das, was danach kommt
immer für das
was danach
kommt
wie die Bescherung.

# Angstblüte

Erst als der Boden auszutrocknen
drohte und ihr fast alle Kraft entzog
schoss es ihr in den Kopf
das Leben wie die Phantasie
sie blühte.

# Im Altersheim

Holst du mich ab, fragte sie,
damit wir endlich nach Hause fahren?
Du bist hier zuhause, sagte ich.
Aber nicht richtig, sagte sie.

Ist dies mein Zimmer, fragte sie.
Ja, sagte ich, du wohnst hier.
Ist dies mein Zuhause? frage ich,
als ich nach Hause komme,

und keiner antwortet.

# Identifikationsversuch

Ist dies mein Kleid? fragt sie.
Ich denke schon, sage ich.
Ich glaube nicht, sagt sie,
es ist mir fremd,
ich kenne es nicht.
Dann ist es auch
nicht dein Kleid,
sage ich, und hänge es
zurück in ihren Schrank.

# Ummantelung

Individuelle Beratung
Konzeption und Produktion
von lösungsorientierten Teams
nach individuellen Bedürfnissen
angeboten für Schläuche,
Sportgeräte, Kleiderbügel
Hebel, Türen und vieles mehr
weich und fest, praktisch und sicher
die Um-Mantelung.

Gegen Kälte und Kriege
die unfassbar sind,
gegen den Kurzschluss
zwischen Völkern
eine Extra-Anfertigung
Um-Mantelung.

# Das schöne Prinzip

Illusion
die lautlosen Sterne
der friedliche Planet
aus Explosionen geboren
unsere Erde
Illusion
das schöne Prinzip
das alles durchdringt.

## Aus der Tiefe

In Unruhe versetzt
das wuchernde Unkraut
den Gärtner
Gewächse tiefwurzelnd
unverblümt
brechen sie Krusten auf
Spurenelemente
holen sie aus der Tiefe
nach oben wer weiß
was noch.

## Der Kieler Kreidekreis
## oder die Ummantelung

Und wie erkannte
der kluge Richter
die rechtmäßige Mutter?
Sie sah das frierende Kind
und legt ihm
einen Mantel um.

# Kind

Wie ein Kind das sich versteckt
im Wald auf der Sonneninsel
von Moos und spärlicher Heide.
Spinnwebnetze fangen es ein,
wenn es erzählt
vom Kind, das sich versteckt
im Wald. –
Weil es keiner fand,
kam es heraus, freiwillig,
und rief,
hier bin ich,
mit dem Knistern der Zweige
im Ohr.

# Sommerzeit

Alles erwarten wir von der Sonne
den Apfel am Baum
die Liebe im Sommer
den Zufall vielleicht
und ein Gedicht.

Alles gab sie
die Metapher, das Licht
den Schein, den wir lieben
den Irrtum, auch
den Untergang.

## Häwelmann

Das Segel an der Zehe
schrie er „mehr mehr!“
und rollte auf dem Strahl
des Mondes hin,
kein Mensch war Zeuge,
aber ich weiß es,
in der Nacht steht die Erde
Kopf.

# Nacht

Ich rufe den Mond
ich rufe die Sichel
ich halte den Krug bereit
und den Becher
und warte
in der Nacht
und warte
und rufe den Mond
und die Sichel
und halte den Krug bereit
und den Becher voll Nacht.

# Meine Gedanken

Meine Gedanken
sind
nicht krummer
als deine Wege
aber
deine Wege
sind
nicht länger
als mein Atem.

# Das Und

Du und ich,
ich und du,
wie wir es
drehen und wenden,
du und ich,
ich und du,
dazwischen bleibt immer
das Und.

# Atemberaubend

Atemberaubend
schön
bist du,
sagte er.

Dann
hol noch
einmal
tief
Luft,
sagte sie.

# Herangezoomt

In meinem Koordinatensystem
hattest du einen festen Platz
und keinen schlechten; ab und zu
änderte ich den Winkel,
aus dem ich dich sah
und die Strecken schienen länger
die Schnittpunkte weitläufig.
Der Tanz mit dir
im Wirbeltakt.
Wo war die Mittelachse,
wo rechts und links
und wo der rechte Winkel.
Überall nur du
und Wolken, Mond und Sterne

# Zwischen-Gutachten

Er setzt sich über alles hinweg,
er probiert das Unmögliche,
er vergisst die Zeit und die Gesetze
und kennt keine Vorschriften.
Er nimmt keine Rücksicht
auf Anstand und Moral.
Er überschreitet die Grenzen
und missachtet meine halbherzig
aufgestellte Grenzkontrollpolizei.
Er reißt mich mit
eine Weile,
der Traum,
wie frei
bin ich.

# Im Weg

Ich kann
nicht
hinter Das Wort
zurück
das ich dir gab,
es steht
mir
im Weg.

## Die Zeitlupen

Unscharf sah ich
was mir nahe war
nun erst
sehe ich genau
die Jahre
haben das Bild
belichtet.

## Christian

Leben
mit dir
war

Leben
war
mit dir

mit dir
war
Leben.

Die Gedichte auf den Seiten 6, 25, 26, 30, 47, 54, 61, 71, 72, 79, 81, 84, 86, 91 und 100 sind bereits in den Bänden „Der Himmel über mir“ und „Das schöne Prinzip“ in der Husum Druck- und Verlagsgesellschaft mbH u. Co. KG, Husum erschienen.

Dich Gedichte auf den Seiten 10, 11, 14, 15, 22, 33, 34, 41, 43, 50, 53, 55, 57, 60, 62, 63, 67, 73, 80,, 88, 89, 94, 95, 96, und 97 wurden in den Bänden „Kores Gesang“ und „Wir Planetenkinder“ im Bergstadtverlag Wilhelm Gottlieb Korn erstveröffentlicht.

Wir danken beiden Verlagen für die freundliche Abdruckgenehmigung.

# Inhalt


Es schufen - - - 5
Heimfahrt - - - 6
Natur - - - 7
Felsenfest - - - 8
Als ob - - - 9
Eisscholle - - - 10
Wenn Palucca tanzt - - - 11
Über den Winter - - - 12
Stachelblüte - - - 13
Vertrau dem Regen - - - 14
Wind - - - 15
Späte Heimfahrt - - - 16
Strohblumen - - - 17
Kornmuhme - - - 18
Rollenspiel - - - 19
Zugfahrt - - - 20
Mohnmahnung - - - 21
Frühlingsglaube - - - 22
Nach der Eiszeit - - - 23
Schilfrohr - - - 24
Ebbe am Abend - - - 25
Not in time - - - 26
Im Schlossgarten mit dem Kind Franziska zu Reventlow - - - 27
Nordstrand - - - 28
Mit Einstein in Ahrenshoop - - - 29
Franziska zu Reventlow im Schloss vor Husum - - - 30
Seelenland Liliencron - - - 31
Campanula - - - 32
Småland - - - 33
Am Ukleisee - - - 34
Lubowitz - - - 35
Gefühltes Erinnern in Breslau - - - 36
Wroclaw bei Nacht - - - 37
Im Berliner Borsigturm - - - 38
Im Gaza-Streifen - - - 39
Tanz mit Achill - - - 40

Äolsmusik - - - - 41
Dädalus und Ikarus - - - - 42
Penelope - - - - 43
Garten der Erde - - - - 44
Klatschmohn - - - - 45
die Blume der Aphrodite - - - - 45
In mondloser Nacht - - - - 46
Hekates Lied - - - - 46
Ikarus - - - - 47
Pandoras List - - - - 48
Kleines Selbstporträt - - - - 49
LiebesGedicht - - - - 50
Den Worten nach - - - - 51
Rapunzel im Turm - - - - 52
Komm rüber - - - - 53
Herzklappentext - - - - 54
Erklärung - - - - 55
Die Tulpe - - - - 56
An einen Dichter - - - - 57
Oberflächlich - - - - 58
Ermunterung - - - - 59
Ermittlungen - - - - 60
Normierung - - - - 61
In den Wind gesprochen - - - - 62
Werkstattgespräch - - - - 63
Warum - - - - 64
Der apokalyptische Sprach-Reiter - - - - 65
Poetischer Rückkoppelungseffekt - - - - 66
Bei Hilde Domin im Grainbergweg - - - - 67
Besuch bei K. - - - - 68
Berta - - - - 69
SMS an Christa Wolf - - - - 70
Ossip Mandelstamm - - - - 71
Anna Achmatowa - - - - 72
Biographie - - - - 73
Kindheit - - - - 74
Früh am Morgen - - - - 75
Ordnung - - - - 76

Ich selbst - - - - - - - - - - - - - - - - - - - - - - - - - - - - - - - - - 77
Die Andere - - - - - - - - - - - - - - - - - - - - - - - - - - - - - - - - 78
Entsagungstag - - - - - - - - - - - - - - - - - - - - - - - - - - - - - - 79
Fähre - - - - - - - - - - - - - - - - - - - - - - - - - - - - - - - - - - 80
Nahe der kleinen Stadt - - - - - - - - - - - - - - - - - - - - - - - - 81
Stadtflucht - - - - - - - - - - - - - - - - - - - - - - - - - - - - - - - 82
Hausbesichtigung - - - - - - - - - - - - - - - - - - - - - - - - - - - - 83
Bis bald - - - - - - - - - - - - - - - - - - - - - - - - - - - - - - - - - 84
Gestreutes - - - - - - - - - - - - - - - - - - - - - - - - - - - - - - - 85
Was danach kommt - - - - - - - - - - - - - - - - - - - - - - - - - - 86
Angstblüte - - - - - - - - - - - - - - - - - - - - - - - - - - - - - - - 87
Im Altersheim - - - - - - - - - - - - - - - - - - - - - - - - - - - - - - 88
Identifikationsversuch - - - - - - - - - - - - - - - - - - - - - - - - 89
Ummantelung - - - - - - - - - - - - - - - - - - - - - - - - - - - - - - 90
Das schöne Prinzip - - - - - - - - - - - - - - - - - - - - - - - - - - 91
Aus der Tiefe - - - - - - - - - - - - - - - - - - - - - - - - - - - - - - 92
Der Kieler Kreidekreis oder die Ummantelung - - - - - - - - - - - - - 93
Kind - - - - - - - - - - - - - - - - - - - - - - - - - - - - - - - - - - - 94
Sommerzeit - - - - - - - - - - - - - - - - - - - - - - - - - - - - - - - 95
Häwelmann - - - - - - - - - - - - - - - - - - - - - - - - - - - - - - - 96
Nacht - - - - - - - - - - - - - - - - - - - - - - - - - - - - - - - - - - 97
Meine Gedanken - - - - - - - - - - - - - - - - - - - - - - - - - - - - 98
Das Und - - - - - - - - - - - - - - - - - - - - - - - - - - - - - - - - - 99
Atemberaubend - - - - - - - - - - - - - - - - - - - - - - - - - - - - 100
Herangezoomt - - - - - - - - - - - - - - - - - - - - - - - - - - - - - 101
Zwischen-Gutachten - - - - - - - - - - - - - - - - - - - - - - - - - 102
Im Weg - - - - - - - - - - - - - - - - - - - - - - - - - - - - - - - - - 103
Die Zeitlupen - - - - - - - - - - - - - - - - - - - - - - - - - - - - - 104
Christian - - - - - - - - - - - - - - - - - - - - - - - - - - - - - - - - 105